胡童鞋成长小说系列

"碟子公主"驾到

[马来西亚]李慧星 著
骑士喵工作室 绘

海峡出版发行集团 | 海峡文艺出版社

校园大人物登场喽！

角色介绍

胡童鞋
- 原名叫"胡童缬（xié）"，但常常被叫错字，因此而改名。
- 性格：调皮、大胆、好玩、古灵精怪
- 优点：有正义感、重友情、想象力丰富
- 缺点：喜欢赖床，偶尔懒散
- 爱好：看漫画、看电视、玩
- 职务：巡察员
- 最喜欢的人：妈妈

刘奕雅
- 胡童鞋的闺蜜
- 性格：胆小、爱哭
- 爱好：吃
- 职务：小组长、图书管理员

妈妈
- 在出版社工作的作家
- 性格：外表优雅从容，内心汹涌澎湃

周子温
- 胡童鞋的同班同学
- 性格：活泼、直率
- 职务：巡察员

王天翔
- 胡童鞋的同班同学
- 性格：强悍、爱面子、好胜
- 特点：最讨厌人家碰他的头发
- 职务：班长

张小棣
- 胡童鞋的同班同学
- 性格：畏畏缩缩，爱自作聪明

陆立昂
- 胡童鞋的同班同学
- 性格：聪明、机灵

邓鼎
- 胡童鞋的同班同学
- 性格：单纯、迷糊、爱吃、"妈宝"

蔡文婕
- 胡童鞋的同班同学
- 性格：乖巧

王亦恒

阿莲

林中竹

"碟子公主"驾到

故事1：屁股开花 ……………………… 1
童言童语：真的"屁股开花" ……………… 31

故事2：我爱网购 ……………………… 33
童言童语：习惯了网购 ………………… 63

故事3：顺手牵羊 ……………………… 65
童言童语：请付钱 ……………………… 89

故事4："碟子公主"驾到 ……… 91
童言童语：用叠字点餐 ……… 115

故事5：乒乓小明星 ……… 117
童言童语：可怜的球拍 ……… 141

我们千万不要因为好玩而捉弄别人，这可能会对他人造成非常严重的伤害。

你的屁股开花了！

啊？

屁股开花

今天，陆立昂到邻居吴遵和吴一天的家里玩。

陆立昂和吴遵在玩连线手游，而吴一天则上网看视（shì）频（pín）。

"哇！哇！哇！"吴一天惊叫连连。

"什么东西？"吴遵被他的惊叫声吸引了过去。

"喂！吴遵，你别停下，我们快过关了！"陆立昂急得大叫。

"哇！"吴遵看了视频也惊叫，而且眼睛还

发亮。

"什么东西大惊小怪的？"陆立昂只好停下手游，也走了过去。

"陆立昂，你看！"

"三人跳挑（tiǎo）战（zhàn）？"

"对！现在很流行，外国人都在玩！"吴遵说道。

"看起来很简单嘛！不就是三个人排排站，两边的人假装对中间的人说一起跳起来。当中间的人跳起来时，站在左右的两人便伸出脚从后面绊（bàn）他的脚，让他摔（shuāi）倒在地。"不愧（kuì）是陆立昂，一看就知道玩法。

"没错！这个恶作剧主要是让一个完全没戒（jiè）心的人跳起来，这样就可以把对方绊倒！"吴遵心里蠢（chǔn）蠢欲（yù）动。

"现在我们有三个人……"陆立昂看着他们

两兄弟。

"别打我的主意,我已经知道了,不会被你们骗!"吴一天摇头。

"哎哟,那要怎么玩啊?"

"真的很想试一试呢！"

"学校里同学多，不如明天……"陆立昂向吴遵使眼色。

"好啊！"吴遵与陆立昂击(jī)掌(zhǎng)。

"你们玩吧！我看视频就好，我不玩。"吴一天没兴趣。

第二天，陆立昂和吴遵到了学校，放下书包后便立刻寻找目标。

当他们在走廊(láng)上小声讨论时，看见林中竹走了过来。

"你们在聊什么？是不是有什么好玩的？"林中竹知道他们俩很好(hào)玩。

使眼色：用眼睛向别人暗示自己的意思。

胡童鞋成长小说系列

"好玩的？有！"吴遵立刻回答。

"只怕你不敢玩！"陆立昂暗地里碰了碰吴遵的手，向他打信号。

"有什么不敢玩的？放马过来！"林中竹中了陆立昂的激（jī）将（jiàng）法。

> 陆立昂，你找到目标了吗？

> 我只看到一堆怪怪的东西……

> 喂，那是我的耳屎啦！

打信号：用动作传递信息。
激将：用刺激性的话鼓动人去做不敢做的事。

"其实这游戏是个挑战,我数到三,我们三个人一起往上跳,看谁跳得最高!"陆立昂这样告诉他。

"那跳得最高的就是赢(yíng)家?就这么简单?"林中竹问道。

"没错!"

"哈,这根本没难度嘛!你们知道我的外号是什么吗?"林中竹问他们。

"不知道。"

"他们都叫我'青蛙小王子'!因为我能跳得很高,就像青蛙那样!"林中竹在炫(xuàn)耀(yào)。

"哦……"吴遵忍住笑意。

"青蛙……小王子,你准备好了吗?"陆立昂也强忍着不笑出来。

"准备好了!"

"呱呱,我的公主呢?我在等公主亲我!"

"青蛙王子?我才不要亲你!"

"那……你站在我们两人的中间。"陆立昂指示林中竹。

"没问题!"

"我们要开始数喽!"

"来吧!"林中竹很兴(xīng)奋(fèn)。

"一、二、三!"

当陆立昂和吴遵数到三时,他们便低下身子假装准备往上跳,而林中竹则用尽全力跳了起来。

当林中竹快要着地时,陆立昂和吴遵的脚从后面快速地往他的左右脚轻轻一绊……

砰(pēng)!

失去平衡(héng)的林中竹往地上摔,屁股先着地!

"哎哟,我的屁股'开花'了!"林中竹疼得大叫。

"哈哈哈哈!哈哈哈哈!"陆立昂和吴遵开心得大笑。

"你们……"林中竹回过神来,终于知道他们是在恶作剧。

"你们在干什么?"胡童鞋闻(wén)声走了过来。

"你问青蛙小王子！哈哈哈哈！"陆立昂还在笑。

"青蛙小王子？"胡童鞋一头雾（wù）水。

"没什么！"林中竹碍（ài）于面子，不想

哇！为什么你的屁股会开一朵花？

我可以不回答吗？

一头雾水：形容摸不着头脑，糊里糊涂。

说自己被作弄了，只好黑着脸，憋（biē）着气回教室了。

"搞（gǎo）什么东西？"胡童鞋瞪（dèng）着陆立昂和吴遵。

"哈哈哈哈哈！"他们还在那儿笑个不停。

胡童鞋也走进教室，不想理会他们。

胡童鞋成长小说系列

午餐时间，陆立昂和吴遵在食堂里寻找新的目标。

"嘿（hēi），接下来要向谁下手呢？"

他们看见安之涵咬着包子经过。

你们干吗一直跟着我？

没……没事！

"她？"吴遵问道。

"你确定你能绊倒大象吗？"陆立昂翻（fān）白眼。

"不能。"

"不但绊不倒，我看你还会被大象揍（zòu）扁（biǎn）！"

"有道理……"

他们看到了在吃东西的邓鼎。

"他？怎么样？"吴遵问道。

"邓鼎可是我的兄弟，不准打他的主意！"

"哎哟，不然要找谁玩'屁股开花'啊？我真的很想再玩一次！"

"啊哈！找到了！"陆立昂向吴遵使眼色。

"谢飞渝？"

"快，没时间了！"陆立昂拉着吴遵走向前去。

"好!"

陆立昂和吴遵向谢飞渝说了游戏的玩法,然后把他带到食堂附近的小花园里。

"在这里玩吗?"谢飞渝手里拿着一个饭团在咬着吃。

"对!"

"我们数到三,大家一起跳!"

饭团说它也想玩,可以吗?

饭团……可以不要吗?

我想玩。

"明白！"

"好，我们要开始喽！"

"一、二、三……跳！"

陆立昂和吴遵重（chóng）施（shī）故技（jì），假装准备要跳跃（yuè），趁（chèn）谢飞渝快要着地时，他们伸出脚来绊他的双脚。

"哎哟！"

幸好是跌在草地上，谢飞渝的屁股不会太疼，但他的饭团从手中飞脱，掉在他的脸上。

"哈哈哈哈哈！"两人看了狂笑不停。

突然，有一个声音从楼上传了下来。

"你们两个！有胆就站在那里等我！"

"快逃！"

原来是胡童鞋在楼上看见了他们对谢飞渝做的事。陆立昂抬头一看，立刻拉着吴遵逃。

"'屁股开花'，大成功！"

"哈哈哈哈哈！"

成功作弄了谢飞渝，还被胡童鞋发现和"追捕（bǔ）"，他们觉得好玩又刺激。

隔（gé）天早上。

陆立昂和吴遵兴致（zhì）勃（bó）勃地站在海洋班外的走廊上，打算再找新目标玩"屁股开花"游戏。

"嘿，要不要玩挑战游戏？"陆立昂问一个男同学。

"不要！"

"要玩好玩的挑战游戏吗？"吴遵问他班上的一个同学。

"不要！不要！"

一看见有男同学经过，陆立昂和吴遵就邀他们一起玩游戏。

但是，每一个同学都摇头摆（bǎi）脑地拒绝他们，有些甚（shèn）至像见到鬼那样，加快脚步远离他们俩。

兴致勃勃：兴趣浓厚。

"怎么搞的？问了十多个，没一个要玩？"吴遵觉得奇怪。

"有古怪！"陆立昂也觉得不对劲。

这时候，张小棣走了出来，告诉他们说："你

快逃啊！

慢一步就完蛋了！

闪！

我们有这么可怕吗？

我们明明是人见人爱啊！

们不用再找目标了，没有人会玩你们的挑战游戏的！"

"哦，为什么？"

"昨天，胡童鞋已经通知大家不要上当了！不跟你们说太多，我要去上厕所！"张小棣说完就走了。

"胡童鞋？这多事的家伙！"陆立昂恨（hèn）得牙痒（yǎng）痒的。

"难怪……原来是她在暗地里搞鬼！"

突然……

"嘿，你们在这里玩什么？我也要玩！"背着书包的王亦恒不知道什么时候站在他们的后面。

"王亦恒？"陆立昂吓了一跳。

"没东西玩啦！你走开吧！"吴遵挥（huī）手赶他走。

"那么凶干吗?一定是早上赖床被妈妈骂个狗血淋(lín)头……"王亦恒嘀(dí)咕着走开。

"等一等!"陆立昂想起了一件事。

"干吗?"王亦恒转身。

"昨天……他生病没来上学……不知道我

们……"陆立昂在吴遵的耳边说悄悄话。

"哦？"吴遵窃（qiè）喜。

"有什么事？可以快点儿讲吗？我还有一大堆作业要补做。"王亦恒不耐烦地说。

"先别管作业！我们去玩游戏，保证好玩！"

陆立昂和吴遵悄悄地带着王亦恒走到校园里一个偏（piān）僻（pì）的角落，那里有一个亭子。

他们走进亭子里。

"你先把书包放下！"陆立昂告诉王亦恒。

"哦……"王亦恒走到一边去。

"待会儿……我们要用力……出'大招'……之前的力度太轻了……"陆立昂小声地在吴遵的耳边说话。

窃喜：心里暗自高兴。

吴遵点头。

"放好书包了。"王亦恒走回来。

"你站在我们的中间。"吴遵拉王亦恒在位置（zhì）上站好。

"然后呢？"

"我数到三，我们三个人一起往上跳，看谁跳得最高！"

"这是什么游戏？听起来很幼稚（zhì），我不玩！"王亦恒转身想去拿书包。

"一点儿都不幼稚！这游戏的厉害之处在于，当你跳起来的时候……"吴遵听见他说不玩，急了起来。

"当你跳起来的时候……很有趣的事就会发生！"陆立昂急忙接话。

"很有趣的事？"王亦恒开始好奇。

"对！你完全意想不到、超级有趣的事！"

"这么厉害？"

"当然！我们不能告诉你，只有玩这游戏的人，才能知道会发生什么有趣的事！"

"不过，如果你不想玩的话，那就算了吧！"

是不是这样跳啊？

哇！你是青蛙吗？

太高啦！

那么你永远都不会知道了！"陆立昂故意卖关子。

"我想知道！我想玩！"王亦恒果然上当了。

"那就快站好！"

"准备好了吗？我开始数喽！一、二、三……跳！"

"喝（hè）！"

王亦恒奋力往上跳时，陆立昂就跟吴遵使眼色。

当王亦恒的脚快着地时，两人各伸出一脚，用尽全力把王亦恒的双脚往前绊！

"啊！"

王亦恒的双脚被绊住，头部快速地往地面上坠（zhuì）……

砰！

"哈哈哈哈哈哈！"

陆立昂和吴遵忍不住狂（kuáng）笑。

屁股开花

我降下来喽！

不是这样玩的……

这样要怎么绊他的脚啊？

但是，他们笑了一阵后，发现王亦恒还没站起身来。

"快起来啦！还要我们来扶你吗？哈哈哈哈！"

"怎么样？有趣的事是不是发生了？有看见

星星吗？我没骗你吧？哈哈哈！"

王亦恒还是一动都不动。

"陆立昂，他的眼睛是闭（bì）上的……"吴遵停止大笑。

"不是吧？"陆立昂的脸色开始变了。

"怎么办？他是不是死了？"

为什么王亦恒躺在地上？

他突然……要睡觉……我就去找了枕头给他……

"我怎么知道啊!"

两人惊慌失措（cuò），只会呆站在那里看着王亦恒。

突然……

"喂！你们是不是又在玩……王亦恒怎么躺在地上不动？"

胡童鞋来了！

她听见同学说陆立昂和吴遵把王亦恒带走，便急得到处找他们。

陆立昂和吴遵转头看着胡童鞋，因为惊吓过度，他们一句话也说不出来。

"你们不要碰他！我去找老师！"胡童鞋说完后就急匆（cōng）匆地离开。

在医院里。

胡童鞋成长小说系列

陆立昂和吴遵跟着家长去探望王亦恒，胡童鞋也在那里。

"王亦恒，对不起……"

"对不起……"

两个顽（wán）皮的男孩终于知道，他们一时贪玩差点儿对同学造成了严重的伤害，心里内疚（jiù）得很。

"你们差点儿就害死他了！医生说幸好只是轻微（wēi）脑震（zhèn）荡（dàng），没有大碍，要不然，你们要赔（péi）给王叔叔和王阿姨一个儿子！"

"嘻嘻！幸好我的头够大，像戴（dài）了头盔（kuī）！"王亦恒的头上包扎（zā）着纱（shā）布。

"校长已经禁（jìn）止学生在校内或校外玩这游戏，一旦被发现，立刻严厉处罚！"胡童鞋

瞪着他们两人。

"我们已经被记一个大过了……"陆立昂不敢抬头。

"王亦恒,你可以原谅我们吗?"

"要得到原谅,除非你们完成一个任务!"胡童鞋插(chā)嘴。

"什么任务?"

"王亦恒回去上学时,你们就得保护他,不可以再让他受伤,尤其是头部!"胡童鞋说道。

"好吧……"陆立昂和吴遵只好答应了。

"哇,那我不就有两个私(sī)人保镖(biāo)了?"王亦恒很开心。

"嘻嘻!"

报告!报告!我这里安全,你那里什么情况?

哈哈!有保镖为我开路!

报告!我这里也安全,可以前进!

真的"屁股开花"

嘻嘻！
嘿，胡童鞋走过来了！我们……
胡童鞋，要不要玩"屁股开花"游戏？
"屁股开花"？
??
这游戏好玩吗？
我也要玩！
超级好玩！
你等一下！
谁还想玩"屁股开花"？
嘻嘻！
严老师！

购买东西时，我们可以货比三家，但千万不要想占他人的便宜。

我要尽情地购物！

我爱网购

阿莲阿姨，你不要再买了，不然你会后悔的！

胡童鞋成长小说系列

妈妈陪胡童鞋在小区里的游乐场荡秋千时,突然听见有人在大声喊叫。

"你们两个给我好好走,不要跑!"那是阿莲的声音。

原来是阿莲带着她的两个儿子阿进和阿宝来了。

阿莲有四个儿子,他们的名字分别是:招、财、进、宝。

"阿宝,我们去荡秋千!"阿进拉着阿宝的

手就跑。

"好啊！"

"Lilian，你也带他们来玩？"妈妈跟阿莲打招呼。

"阿……Lilian阿姨。"胡童鞋也打招呼。

"你们两个还不叫阿姨！"阿莲向阿进和阿宝呼喝。

"阿姨！"

"这两只恐（kǒng）龙说在家很闷，要出来玩！真麻烦！"阿莲回答。

"小孩子是这样的啦！呵呵……"

那里只有两个秋千，胡童鞋荡着一个，阿进和阿宝在抢着另一个秋千。

"我先荡！"

"不，我先荡！"

"你们两个不要争，我让给你们荡，大家都

胡童鞋成长小说系列

有得玩！"胡童鞋跳下秋千。

"太好了！"阿进立刻想要坐上去。

"什么太好了？你应该要说什么？"胡童鞋拦（lán）着他。

"啊，谢谢姐姐！"阿进这才想起要道谢。

"乖！"胡童鞋回应。

于是，两个精力充沛（pèi）的男孩便开始比赛，看谁荡得比较高。

"哈哈，我比你高！"

"才没有呢！我比较高！"

突然……

咻（xiū）……啪（pā）！

"我的鞋子！"阿进大叫。

阿进没把鞋子穿好，结果荡秋千时，他的脚用力一蹬（dēng）、一踢，一只球鞋松脱，还"飞"到屋顶去了。

"哈哈，我也会！"

阿宝看见了还以为哥哥在玩，他便模（mó）仿（fǎng）阿进，也让球鞋"飞"到屋顶去了。

"你们两个到底在搞什么啊？鞋子不要了吗？"胡童鞋傻眼了。

在旁边跟妈妈聊天说是非的阿莲看见了,气得破口大骂。

"你们两个想要气死我吗?鞋子在屋顶,要怎么捡(jiǎn)回来啊?"

"Lilian，鞋子弄丢了，再买就是了，别太生气……"妈妈急忙安抚（fǔ）她。

"你有所不知，这两双球鞋可是名牌（pái）啊！明明还可以穿，现在要花钱再买了，还要一下买两双，钱包大出血啊！"阿莲是心疼要花钱。

"真的是名牌吗？"胡童鞋不太相信阿莲阿姨舍得买名牌。

"是我们的舅（jiù）舅送的……"阿进告诉她。

"现在商场里卖的球鞋那么贵，即使不是名牌也贵得要命，又要花一大笔钱了！"阿莲视钱如命，一想到要花钱就抓狂。

"阿姨，你可以去Shopping买球鞋啊！价钱便宜很多呢！"胡童鞋建（jiàn）议（yì）。

"对啊！我说的就是去商场shopping啊！"阿莲回答。

"我说的Shopping是网购平台的名字，不是

胡童鞋成长小说系列

你们真的是名牌球鞋？

对啊！

不像吗？

去购物shopping！"胡童鞋解释。

"网购平台？Shopping？"阿莲糊涂了。

"对啊！网购的确会比较便宜，而且也很方便，你可以试一试！"妈妈也赞（zàn）同。

"阿姨，你完全不用出门，只要动一动手指就可以买东西，Shopping会把货品送到你家门口，你先跳！

不，你先跳！

方便得很！"胡童鞋继续说。

"真的那么好？"阿莲开始心动了。

"妈妈，我们没有球鞋穿了！"

"妈妈，你什么时候带我们去Shopping买球

鞋？"

"你们还敢吵！回家后，看我怎么教训（xùn）你们！"阿莲双手叉（chā）腰（yāo），瞪（dèng）着他们。

"哇，我们快回家躲起来！"

于是，两兄弟便互相搭着对方的肩（jiān）膀（bǎng），一起用穿着鞋子的那一只脚，单脚跳着回家。

胡童鞋和妈妈看着他们的背影，忍不住摇头。

晚上，阿莲忙完了家务后，坐在沙发上休息。

"妈妈，你要什么时候买球鞋给我？下个星期要打羽毛球，我需要球鞋！"阿进在摇阿莲的右腿。

"下个星期有一日游，老师说一定要穿球

哪儿来的树袋熊啊？

快买球鞋！

我要球鞋！

鞋！"阿宝在拉阿莲的左手臂（bì）。

"好啦！好啦！我知道了，现在我就上网看看！"

阿莲被他们吵得没办法休息。

"阿招，起身给妈妈用电脑！"阿莲对在玩

电脑游戏的老大说话。

"但是,我差一点儿就要过关了!"阿招的游戏正玩到紧要关头。

"你以后不想再用电脑了对吧?我数到三!一……二……"阿莲快发火了。

我爱网购

"好啦！好啦！"阿招急忙让出电脑。

"老娘不发威（wēi），你就当我是病猫！"

阿莲一屁股坐下，开始上网搜（sōu）寻购物网站。

"胡童鞋说的Shopping……我找一找……"

没多久，阿莲便找到了这个网购平台。

"哇，这里竟然售（shòu）卖那么多东西！我先输（shū）入'儿童球鞋'……"

"妈妈，这双球鞋好酷（kù）！"

"妈妈，我想要那双蓝色的！"

电脑屏（píng）幕（mù）上出现了琳（lín）琅（láng）满目的儿童球鞋，阿进和阿宝兴奋地选择自己想要的球鞋。

"嘘（xū）！你们别吵，先让妈妈看看价钱！"

发威：显示威风。
琳琅满目：形容各种美好的东西很多。

"妈妈,你必须先注册(cè)一个账号,才可以在Shopping里买东西。"阿招的年龄(líng)比较大,懂得比较多。

"我看得头昏脑涨(zhàng)!阿招,你来帮妈妈注册！"

"哦。"

于是，阿招便为阿莲注册了一个账号。

"妈妈，这是你的账号和密码（mǎ）。"阿招写在便利贴（tiē）上，然后撕（sī）下来贴在电脑屏幕下面。

"以后，我用这账号就可以买东西了？"

"妈妈，你要买单时，还要输入你的网上银行账号和密码来付款（kuǎn）……"

"哎哟，这么麻烦？你帮我把网上银行账号和密码也写在这便利贴上，那之后我就不用浪费时间再去翻找了。"阿莲把银行资料告诉阿招。

"哦。"阿招听话照做。

开了账号后，阿莲便开始她的网上购物活动了！

"哇，真的比商场里卖的东西便宜很多呢！"

"妈妈，球鞋！球鞋！"阿宝一直在吵。

"别吵啦，妈妈先比较价钱！"

阿莲知道网购确实比较便宜后，她便想要找最便宜的球鞋。

妈妈，她是谁啊？

她是我在网上买的女仆，以后替我做家务！

"阿招，如果还没决定要不要跟这一个卖家买，那要怎么做？"

"你可以先把商品丢进'购物车'里，不要买单。"阿招教阿莲。

"只要不买单就行了，对吗？"

"对，你没买单的话，那就不会下订单给卖家了。"

"好，那我就先把所有看中的球鞋放进'购物车'里，然后再慢慢地挑选最便宜的……"

每天阿莲都上网浏（liú）览（lǎn）Shopping，她还跟卖家讨价还价。

"一定要找到最便宜的再买，哈哈！"

除了球鞋之外，阿莲也把一大堆的日常用品丢进"购物车"里，她心里在盘（pán）算着要

胡童鞋成长小说系列

> 我一定会用最便宜的价钱把你们买回家!

> 别再放了!已经满了!

如何才能以最便宜的价钱买到最好的东西。

不信?你自己看看!

阿莲:我要买两双,你打折给我吧!人家卖得比你便宜多了!

卖家：不好意思，我们的商品是定价的，电脑系（xì）统（tǒng）不允许我们随意更改价钱。

阿莲：你是卖家，你说可以就可以啦，别拿系统来当挡（dǎng）箭（jiàn）牌！

卖家：抱歉，我们真的没办法这样做……

阿莲：没折扣，那么你就买一送一吧！我付一双球鞋的价钱，你寄两双给我，你别告诉我电脑系统不让你寄两双！

卖家：亲爱的顾客，我们只是小本生意……

阿莲使出浑（hún）身解（xiè）数，硬要卖家给她各种好处。

"我要买你的玻璃杯，你送我一套（tào）不锈（xiù）钢（gāng）刀具吧！反正你的刀具都没人买！"

浑身解数：这里指所有的手段。

"我准备跟你买15元的水杯,你还好意思收我区区几元的运费?"

阿莲发现了网购的乐趣,她不停地跟卖家纠(jiū)缠(chán),对方不给她好处,她就不下单。

买一送十啦!别那么小气!

买一送十?太太,不如你卖给我!

"嘻嘻，我有的是时间，看看谁比较有耐心！"

"妈妈，你到底什么时候买球鞋给我啊？"阿进等了好几天了。

"对啊！一日游就快到了……"阿宝也跟着埋（mán）怨（yuàn）。

"哎哟！你们别催（cuī）我，那些卖家差不多要被我说服了！再多等几天，你们先穿旧鞋子去活动！"阿莲信心满满。

"又要等……"

阿进和阿宝垂（chuí）头丧（sàng）气。

今天下午，阿莲接了邻居的电话后，便准备到另一座公寓（yù）去串（chuàn）门了。

"你们乖乖地在家，我一会儿就回来！"阿

什么？E座的王太太跟王先生吵架了？现在我就去看！

你到底还煎不煎鱼啊？

莲交代她的四个孩子。

"哦……"

"阿招，别一直玩电脑游戏，你的作业还没做完！"

"知道了！"

阿莲一把大门关上，阿招就立刻坐在电脑前。

"嘻嘻，我可以玩电脑游戏了！"

"大哥，我要玩电脑游戏！"阿进走了过来。

> 我快要过关了，不能停！

> 你干吗把电脑搬进厕所啊？

"我也要玩！"阿宝也走了过来。

"你们别过来，自己去一边玩！"阿招把他们推开。

阿进和阿宝没办法，只好自己去找东西玩。

过了不久……

"哎哟，怎么在紧张的时刻肚子痛！"

只见阿招急匆匆地跑进厕所里。

"哈哈，终于轮到我了！"阿进立刻坐在电脑前。

"我也要玩！"阿宝走了过去，把鼠标抢过来。

"嘘！别那么大声，万一给大哥听见就……"

"咦，这不是妈妈说要帮我们买的球鞋吗？"阿宝不小心点开Shopping的网站。

"没错！"阿进的眼睛在发亮。

"不知道妈妈什么时候才要买，大哥说，要

'下蛋'了，才算买……"

"不是下蛋，是下单才对！"

"你看，这里有两个字：下……"阿宝指着电脑屏幕，他只会念一个字。

我爱网购

我们付款了，赶快把球鞋送过来哟！

感谢您的支持！放心，我会尽快安排送货给您！

"不如，我们帮她下单吧！"阿进心生一计。

"好啊！好啊！趁大哥还没出来，你赶快'下蛋'！"阿宝又兴奋又紧张。

"你别催我！我记得那天大哥说要这样……然后那样……"

阿进点击左键（jiàn），点击右键，还按照指示，输入便利贴上的网上银行账号和密码！

"成功付款了！"

"快关掉Shopping，大哥快出来了！"

两人听见冲水声，急忙离开电脑，假装没事发生。

"好棒（bàng），我们就快有新球鞋了！"

晚上，阿莲又要准备开始与卖家们"搏（bó）斗（dòu）"了。

当她一打开 Shopping 网站……

"怎么会这样?不可能啊!这网站是不是出了问题?"

阿莲发现 Shopping 发给她二十多个通知,内

感谢您在Shopping购物,您很快便会收到货物了!

我都还没付钱,怎么会……

我爱网购

容都大同小异（yì），那就是：

付款已确认！订单xxxxxxxx的付款已确认，我们会通知卖家准备出货，敬请期待！

"二十多个订单已付款？我什么时候确认的？我明明一个都没下单啊！"阿莲抓狂。

她的"购物车"里有很多东西不是真的想买，她只是随手丢进"购物车"里，反正不下单就不用付款。

阿莲立刻查（chá）看她的银行账户，发现存款少了2888元！

银行账户的账单记录显示，她在下午付了2888元给Shopping！

"天啊！这Shopping是骗子！我要报警！"阿莲快崩（bēng）溃（kuì）了。

"妈妈，我们下午……给球鞋'下蛋'了……"阿宝急忙"自首"。

"对……"

"你们把'购物车'里所有的东西都付款了?"阿莲大吼(hǒu)。

"没有啊!我们只是给球鞋下单而已……"天真的阿进解释。

> 妈妈怎么了?

> 她应该是高兴得晕了过去……

"对！"

"妈妈，他们应该是乱按，结果全部都下单了……"阿招冒冷汗。

"我的2888元……"

阿莲全身发软，眼前一黑，感觉就快要晕倒了！

童言童语

习惯了网购

我要这个！
哦？
这个我也要！
哇！
这位顾客，你怎么把购物车全放在这里，不去结账？
不！我要等有折扣时再下单！
这里是购物中心，不是网购，你不能这样做！
对啊！我忘了，嘻嘻！

故事3

我们看见不属于自己的东西时，即使再喜欢，也不应该不问自取。

咩！

顺手牵羊

胡童鞋,你怎么在冒汗?

你……你怎么牵了……

"哎哟,爸爸那么早就送我来学校,我还没睡够啦!"

王亦恒背着书包,一边打哈欠,一边向海洋班教室走去。

今天,王爸爸要到外地工作,所以比平时早了点儿送王亦恒上学。

"第一个到又没奖(jiǎng)励,不知道这么早到干吗!"王亦恒不高兴地走进空无一人的教室。

他放下书包后,坐在椅子上发呆(dāi)。

"想睡却睡不着,没事做,好无聊(liáo)!"

于是,他便开始在教室里走动,东看看,西摸摸。

"哇,好多彩色粉笔啊!"

你们真好看!

他想干吗?

我也不知道……

胡童鞋成长小说系列

当王亦恒拉开老师桌子的抽（chōu）屉时，他有了发现。

"好想要！"

王亦恒突然冒出了要偷拿彩色粉笔的念头，他顿时紧张了起来。他很想要，但又不敢拿，内心在挣（zhēng）扎（zhá）。

"万一被人发现了，怎么办？"

他越来越紧张，因为再过没多久，同学们就会陆（lù）续（xù）进教室了。

"盒子里有那么多粉笔，我拿走几支，老师应该不会察（chá）觉，更何况现在只有我一个人……"

于是，他壮着胆子，伸手往盒子里抓了一把粉笔，然后快速地把抽屉关上。

王亦恒慌（huāng）张地用纸把粉笔包起来，往书包深处塞（sāi）。

"王亦恒，今天你这么早啊？"刚踏进教室的胡童鞋跟他打招呼。

"啊？"王亦恒吓了一大跳，慌张地回答，"对……对啊！我的作业忘了做，早点儿来做作业！"

"那你快做吧！"胡童鞋赶着去站岗（gǎng），没继续跟他说话。

王亦恒假装从书包里拿出作业簿，他看见手心都是粉笔的粉末（mò），急忙悄（qiāo）悄地擦（cā）掉。

此刻，他感觉到莫名的兴奋和刺激！

一个星期后……

"同学们，谁的阅读报告还没交上来？"纪老师问道。

超过一半的学生战（zhàn）战兢（jīng）兢地举起了手。

"没交阅读报告的同学听着：迟一天交增加两篇（piān），迟两天交就增加四篇，迟三天……"

"增加六篇！"有同学帮纪老师接话。

"天啊！那不是要多看六本故事书？"

"还以为阅读报告不重要，丢在一旁没做，谁知道老师会检查……"王亦恒在嘀咕。

"老师，看漫画写报告可以吗？"胡童鞋举手发问。

"不行，一定要看文字书！"纪老师回答。

"那《3M报》的故事可以吗？有很多文字呢！"王亦恒发问。

"老师说故事……书！书！书！"纪老师快抓狂了。

顺手牵羊

老师，看《3M报》可以吗？

"老师你别生气，很容易变老的。"王亦恒劝纪老师。

"你们再明知故问，我就增加五篇！"纪老师瞪（dèng）着他们。

胡童鞋成长小说系列

"好啦！不问了，要不然多了一条皱（zhòu）纹（wén），你又要怪我们了！"王亦恒还在说。

纪老师拼命深呼吸让自己冷静下来。

"原本要写两篇阅读报告，明天交的话，那就要写四篇……哎哟，我得趁午休时，赶快去图书馆找故事书写报告，要不然明天交不出，那就要写更多了！"

王亦恒最怕做作业了，最好是不必做。

丁零零——

下课铃声一响，王亦恒连午餐都没吃就急匆（cōng）匆地跑到图书馆。

"快！快！找薄（báo）的故事书比较快看完！"

他从书架上一下拿了四本故事书，然后坐下来"开工"。

丁零零——

顺手牵羊

上课铃声响起了！

"哎哟，还剩最后一本没看完！"王亦恒焦（jiāo）急得很。

今天临（lín）时去图书馆，他没把学生证带上，没学生证就不能借书。

快跟我出去！

不行！你没学生证，不能把我带走！

胡童鞋成长小说系列

他可不愿意因为迟一天交而再多写两篇报告呢！

"没人注意，不如我……"

王亦恒把书放回书架的时候，竟然悄悄地把还没看完的那一本故事书夹在阅读报告册（cè）里面！

"我只是'借'而已，写完报告了就会还回去……"

他战战兢兢地跟着其他的同学一起走出图书馆，一路低着头，不敢看图书管理员。

终于"过关"了，他呼了一大口气！

"哈，这样都没人发现！"

王亦恒发觉自己想太多了，根本没有人会知道他**顺手牵羊**！

顺手牵羊：指顺便拿走人家的东西。

这一次，他除了兴奋和刺激之外，还多了一点成就感。

今天课间的时候，刘奕雅在教室里哭得很伤心，蔡文婕急忙把在站岗的胡童鞋找来。

"刘奕雅，谁欺负你了？快告诉我！"胡童鞋激动地冲进教室。

"呜呜……完了……完了……"刘奕雅哭得稀（xī）里哗（huā）啦的。

"什么完了？为什么你那么绝望？看起来好像世界末日那样？"胡童鞋很担心。

"我的汉堡（bǎo）包……不见了……呜呜……"

"汉堡包？"

"刘奕雅，早上我看到你在吃汉堡包……"

胡童鞋小心翼（yì）翼地说道。

"对，很大的汉堡包！"蔡文婕也看到了。

"那是第一个……我买了两个……没一声再见……就这样走了……呜……"

"哦，第二个汉堡包不见了……"胡童鞋看

着蔡文婕，她们终于搞清楚了。

"没有汉堡包……跟世界末日没两样……呜呜……"

食物就是刘奕雅的世界，没了食物就是她的世界末日。

"别哭了，待会儿我去食堂买汉堡包请你吃！"胡童鞋安慰（wèi）她。

"嗯，三个。"刘奕雅立刻收起眼泪。

"好！好！三个！"胡童鞋答应她，转头便痛骂，"到底是谁那么无耻（chǐ），竟然偷刘奕雅的食物！"

"前天，我的巧克力不见了！"

"昨天，我的尺子不见了！"

"最近我也发现我的橡皮总是不翼而飞！"

经胡童鞋这么一说，同学们发现原来最近很多人也丢了东西。

胡童鞋成长小说系列

但由于都是小东西，大家就没怎么放在心上，也不打算追究（jiū）。

刘奕雅吃了三个汉堡包，她也就破涕（tì）为笑了！

几天后，胡童鞋发疯（fēng）似的把书包里的东西全都倒在桌子上。

"不在这里？去了哪里？早上明明还在的啊！"她不断地自言自语。

"胡童鞋，你在……找什么啊？"刘奕雅小声地问她。

"我的漫画……我的漫画……我的漫画不见了！"胡童鞋哀（āi）号（háo）。

破涕为笑：形容转悲为喜。

龙龙，你别跑啊！

咕咕！

"什么漫画啊……"周子温问她。

"最新一册的《开心乐龙龙》！"

"不见了，那你叫你妈妈再给你一本啊！"蔡文婕说道。

胡童鞋的妈妈在出版（bǎn）社（shè）工作，她的漫画都是妈妈从公司带回去给她看的。

胡童鞋成长小说系列

"重点不是那一本漫画，而是漫画里面夹着很重要的东西啊！"胡童鞋快崩（bēng）溃（kuì）了。

"既然漫画里面夹着那么重要的东西，不如你告诉老师，让老师帮忙找吧！"周子温建议。

"不可以让老师知道！那可是漫画，学校的违（wéi）禁（jìn）品啊！"蔡文婕反对。

"对啊！"

"刘奕雅，让我翻（fān）一翻你的书包，快！"胡童鞋转移目标。

"我没拿你的漫画啊……"刘奕雅乖乖地把书包交给她。

胡童鞋翻找了刘奕雅的书包，检查了她的抽屉，还找了教室里的每一个角落。

"看来，夹在漫画里的东西对胡童鞋来说，真的很重要！"

> 你的书包里怎么都是食物啊?

> 我担心肚子会饿嘛!

顺手牵羊

刘奕雅、周子温和蔡文婕都这么认为。

胡童鞋找了很久,还是找不回她的漫画,她觉得很生气。

"最近同学们常常丢东西,我怀疑(yí)偷我漫画的人,就是偷大家东西的人!"

胡童鞋有了一个计划,她打算抓小偷!

今天，胡童鞋一放下书包就拿了一本漫画出来。

"刘奕雅，最新一册的《星座美少女》太精彩了！昨晚我一口气看完后，忍不住重看呢！"

"哇，等了好久，终于出新的一册了！可以借我看吗？"刘奕雅很想看。

"我也要看！第二个借我！"

"第三个轮到我！"

大家都抢着要跟胡童鞋借《星座美少女》来看。

"想借《星座美少女》的同学，把名字写在这张纸上，一个一个轮流看！"胡童鞋扬了扬手上的纸。

同学们争着把名字写在纸上，造成了一阵

骚（sāo）动。

不久后，海洋班的学生到电脑室上课。

电脑老师教完一课后，要同学们动手操（cāo）作电脑以练习所学的课程。

"老师，我肚子疼，想上厕所！"

胡童鞋一转头，看见说话的是王亦恒。

不久后，王亦恒便走出电脑室。

"老师，我也想上厕所！"

胡童鞋急忙走出去，悄悄地跟在王亦恒的后面。

经过厕所时，王亦恒并没有走进去，而是走上楼去！

"他不是说肚子疼吗？"胡童鞋觉得有古怪。

王亦恒上楼后，快步走进了海洋班的教室，胡童鞋躲在门外偷看。

胡童鞋成长小说系列

> 来，我要带你回家……

> 啊，你有问过胡童鞋吗？

  只见他走到胡童鞋的座位旁，快速地打开她的书包翻找，然后抽出《星座美少女》！

  "原来你就是小偷！"胡童鞋冲了进去。

  "啊！"王亦恒吓了一大跳，手一松，漫画掉在地上。

"我的《开心乐龙龙》，还有其他同学的东西，是不是你偷的？"胡童鞋厉（lì）声问他。

"我……我……"王亦恒神色慌张。

"你再不说，我就告诉纪老师，让她来查！如果纪老师查到是你偷的，送去给严（yán）老师处罚（fá），你就完蛋了！"

"我说！我说！别告诉严老师！"

王亦恒一听见要被纪律（lǜ）主任严老师处罚，顿时吓得什么都说出来了。

"我是真的很想要那些东西，所以忍不住就……"

"你这想法真的很糟（zāo）糕（gāo）！你想要什么，应该自己买，或者向人家借，而不是顺手牵羊！"胡童鞋责备他。

"我知道错了，求求你给我一次机会……"

"要我不告诉严老师，除非你发誓（shì）会

改掉偷东西的习惯，还要把东西归（guī）还给主人！"胡童鞋开出条件。

"我答应你！"

第二天，许多同学发现之前不见的东西突然出现在他们的桌上，大家都很惊（jīng）讶（yà），但没人知道是谁放的。

"我的东西还夹在里面，没丢！嘻嘻！"胡童鞋开心地打开《开心乐龙龙》。

"胡童鞋，到底是什么东西那么重要啊？"蔡文婕好奇地凑过去看。

"就是这个！"胡童鞋递（dì）给她一张小纸条。

"胡童鞋，明天记得要带书本费，全班只差你还没交……杨阳？"蔡文婕把小纸条上的字念

出来。

"这就是你说很重要的东西？"周子温目瞪口呆。

"我还以为是……"蔡文婕傻眼了。

"这可是杨阳亲笔写给胡童鞋的字条，对她

来说非常重要。呵呵！"刘奕雅最了解胡童鞋。

"嘻嘻，讨厌！"胡童鞋竟然害羞了。

蔡文婕看着周子温，两人默（mò）默地摇头，一句话都说不出来。

胡童鞋，你的作业交……

童言童语

请付钱

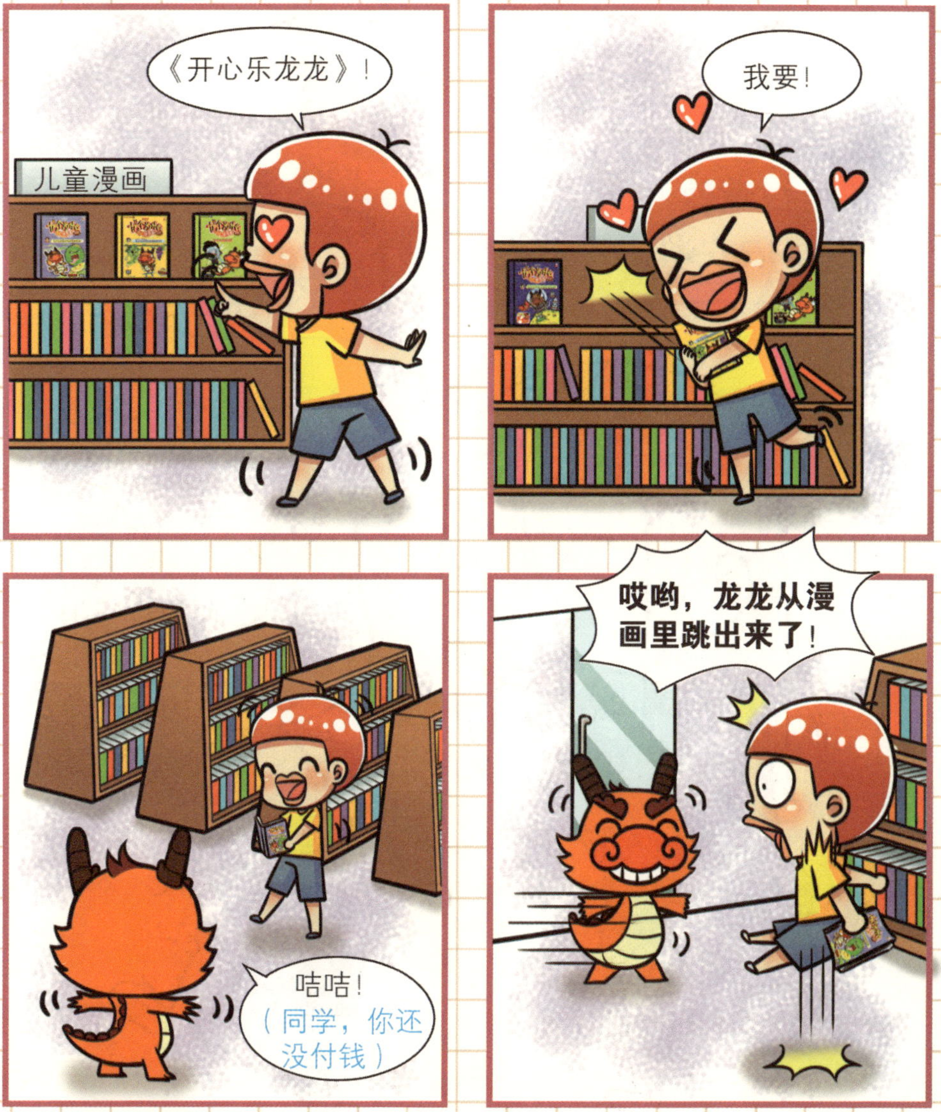

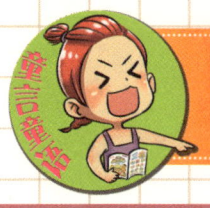

故事 4

乱用叠音词是不好的习惯,我们应该好好地说话。

白白跟你们说早安安哟!

又来……

"碟子公主"驾到

鸡皮疙瘩又起了……

我也是……

胡童鞋成长小说系列

"各位同学，早安！"当胡童鞋踏进教室时，她大声地跟班上的同学们道早安。

"早安！"

"早安！"

"胡童鞋，早安安！"

胡童鞋听到最后一个回应时，顿时寒（hán）毛直竖（shù）。

注意：蓝色字都是错误的叠音词，同学们不要这样用。

『碟子公主』驾到

> 胡童鞋，早安安！

> 我的妈呀……

"怪里怪气的。谁？快给我出来！"她赶紧用"火眼金睛"环视四周。

"哎哟，你怎么说人家怪里怪气？白白要生气气了！"白雪儿皱眉又嘟（dū）嘴。

"白……雪儿，你干吗这样说话？"胡童鞋觉得耳朵很不舒服。

"白白不明白……"她又在说叠（dié）字了。

"你可以不要乱用叠字说话吗?"

"白白就是这样子说话话的啊!"白雪儿一说完就嘟着嘴走掉了。

"今天她是吃了碟子吗?要不然干吗一直说叠字?"胡童鞋快抓狂了。

"我知道,她在模(mó)仿(fǎng)最近热播的偶(ǒu)像剧里的女主角说话。"蔡文婕告诉她。

"对!那女主角说话时爱用叠字,她学得很像呢!呵呵……"周子温也想起来了。

"为什么要这样说话啊?"

"可爱啊!再加上无辜(gū)的表情,那就升级为超级可爱了!"蔡文婕给胡童鞋解释。

"可爱?我只觉得恶心,超级恶心!"胡童鞋不能接受。

"老实说,我也觉得很做作。"周子温小声

地说道。

"不只是白雪儿,她那几个闺(guī)蜜(mì),说话都是这种怪腔调(diào)……"蔡文婕小声地报告。

"呵呵……"刘奕雅觉得有趣。

"刘奕雅,我告诉你,你可别被她们'传染'了!要不然,我可不跟你说话!"胡童鞋瞪着刘奕雅。

"传染什么?谁有病?"刘奕雅糊涂了。

"刘奕雅!"

"王天翔,我差几道习题就做完了,等我一下下哟!"白雪儿装出可怜兮(xī)兮的表情。

"呃……嗯。"

平时收作业时,王天翔绝对不会多等一秒钟

的。今天，他竟然愿意等白雪儿。

"哇，王天翔的铁石心肠也被白雪儿的可爱软化了！"蔡文婕第一时间报告。

"真的！"

"男生都会喜欢这种会撒（sā）娇（jiāo）的可爱型女生吧？"

"可能吧！"

"什么事？"胡童鞋刚进教室。

"白雪儿的数学作业还没做完，她叫王天翔等她一下下，王天翔真的等了！"

"数学作业……啊，我忘了做！"胡童鞋突然大叫。

"不是吧？"

"王天翔，我还没交，等我一下！"胡童鞋喊住刚要把作业簿送去办公室的王天翔。

"哼，你慢慢做吧！"王天翔竟然走了。

"喂！喂！王天翔，你怎么这样啊？"胡童鞋急了起来。

"啊……"

"这王天翔太过分了，刚才你们不是说他愿意等白雪儿吗？怎么就不等我一下啊？"

吼，快放开我！

在我做好之前，你不准走！

"我知道！因为你说'等我一下'，而白雪儿说'等我一下下'。"刘奕雅回答。

"一下下……"胡童鞋斜（xié）眼看着刘奕雅，目露（lù）凶（xiōng）光。

"一下……"刘奕雅吓得赶紧闪开。

"唉……"周子温摇头。

午餐时，白雪儿突然跑过来找胡童鞋。

"胡童鞋，今天你吃面面还是饭饭？"

"咕（gū）！"胡童鞋嘴里的饭差点儿喷出来。

"白雪儿，你可以不要再用叠字来说话吗？"

"为什么？这样说话话很好啊！你也听得懂我在说什么，不是吗？"白雪儿又嘟嘴了。

"听得懂，但并不表示你说话的方式是对的。"

"哎哟！胡童鞋，你还有没有东西吃？我吃不饱，肚子饿饿。"白雪儿转移话题。

"没有！走开！"胡童鞋努力地专心吃饭。

"刘奕雅，你的菜菜那么多，一定吃不完吧？"

"谁说的？我再吃一盘都行！"刘奕雅立刻

用手挡在盘子前面。

"周子温，你的肉肉放在一边，是不是不吃了？"

"当然不是！我是把最好吃的留到最后再吃。"

"蔡文婕，你……"

"不好意思，我的盘子里只剩下骨头，你要的话，我可以给你。"

"你喝很多水水，肚肚就会涨涨，那就不想吃吃了！"胡童鞋咬牙切齿地说出这一句话。

"嗯——你们坏坏，我不理你们了，我去找别人！"白雪儿嘟着嘴转身离开。

"啊——我的鸡皮疙（gē）瘩都掉满地了！"胡童鞋打冷战。

打冷战：因寒冷或害怕身体突然颤动一两下。

"白雪儿干吗到处找人讨东西吃?"

"最近她常利用说叠字装可爱这一招来得到她想要的东西!"蔡文婕爆料。

"谁那么笨会上当啊?"胡童鞋不敢相信。

"男生啊!她常叫男生帮她做事,请她吃东

西，甚（shèn）至要他们送礼物给她……"

"她这样说话，男生不会觉得恶心吗？"

"他们觉得她像公主那样娇滴滴、可爱！真搞不懂男生是怎么想的……"

"这个'碟子公主'……"胡童鞋摇头。

"碟子公主……爱讲叠字的假公主！"

今天是一个特别的日子。

地球小学的全体师生充满了期待，因为将会有另一所学校的师生来参观。

"听说这是外国学校的参观团（tuán）呢！"

"正确来说，这是我们学校第一次迎接来自外国的学校参观团。"陆立昂告诉张小棣。

"听起来也没什么特别的。"

"谁说不特别？这参观团特别得很！"张小

「碟子公主」驾到

> 王天翔,你干吗打扮成这样?

> 迎接非洲来的朋友啊!

棣在**卖关子**。

"吼,快说!"

"老大,这参观团特别的地方在……他们都不是亚洲人!"张小棣透露。

卖关子:比喻说话、做事在紧要的时候,故弄玄虚,使对方着急而答应自己的要求。

"不是亚洲人？那是美国人？法国人？英国人？德国人？"

"哈哈，都不是！"

当张小楝还想继续卖关子的时候，有人说话了。

"非洲人。"刚踏入教室的胡童鞋淡淡地说了三个字。

"胡童鞋，你怎么……"张小楝不高兴胡童鞋揭（jiē）晓（xiǎo）答案。

"非洲人？"

"真的是非洲人？"

"我不会讲非洲话，那要怎么沟（gōu）通啊？"

"如果他们问我早上吃了什么……汉堡包的非洲话怎么说？"邓鼎在自言自语。

"胡童鞋，你怎么知道参观团来自非洲？"

"楼下的大布条告诉我的。"胡童鞋指着楼下。

大家纷纷涌到走廊（láng）去看，楼下真的挂了一幅大布条呢！

布条上写着：热烈欢迎非洲哩（lī）咕哩咕小学师生莅（lì）临（lín）地球小学！

不久后，裘（qiú）校长便通过广播通知大家到礼堂集合，嘉（jiā）宾（bīn）们已经在台上了。

"哇，全是非洲人呢！"

"这是我第一次看见这么多非洲人！"

"两个老师，应该有三十多个学生吧！"张小棣在数台上的人数。

一个非洲男生看见张小棣一直对他们指指点点，便向他瞪眼、扮鬼脸、吐舌头。

莅临：来到；来临（多用于贵宾）。

"哇！"张小棣吓得躲在王天翔的身后。

"张小棣，你惹（rě）火了非洲人，小心他们把你带回非洲！"胡童鞋故意吓唬他。

"我不要去！那里有食人族！"张小棣的胆子快被吓破了。

救命啊！不要吃我啊！

这"食物"真吵！

"胡说八道！我们才不吃人肉！"

那个非洲男生听见了他们的对话，竟然大声地用中文来反驳。

"阿比八，注意你的态度。"非洲老师严（yán）肃（sù）地责备那个男生。

"是的，老师。"阿比八乖乖地坐下。

"你听见了吗？他会讲中文！"张小棣的反应就好像听见外星人讲中文。

"现在中文已经很普（pǔ）遍（biàn）了，全球各地都有人在学中文。"杨阳说道。

"对啊！你没看报纸，也有看电视吧？这都不知道吗？"胡童鞋故意调（tiáo）侃（kǎn）张小棣。

那个叫阿比八的男生还在台上气鼓鼓地瞪着

调侃：用言语戏弄；嘲笑。

张小棣呢！

裘校长致欢迎词后，轮到非洲老师代表致辞。接着，非洲学生便开始一连串的表演，有民族舞（wǔ）蹈（dǎo）和民族音乐，还有大合唱。

阿比八的表现很活跃（yuè），也很突出，他是一个很机灵的男生。

之后，地球小学的学生也展示了各种具有民族特色的表演让来宾们观赏。

他们对舞狮、武术和传统舞蹈都很有兴趣，还向表演者学习呢！

地球小学的学生也大方地当场教导，并邀请他们下台和同学们一起互动。

礼堂里充满了欢乐的笑声，大家都玩得非常开心。

请问你是学生吗?

不是,我是学校的印度保安!

"时间过得很快,不知不觉,我们就要跟哩咕哩咕小学的师生说再见了。"裘校长拿着麦克风站在台上。

大家都很舍不得分开。

"同学们有什么问题想要问哩咕哩咕小学的

「碟子公主」驾到

109

胡童鞋成长小说系列

学生或老师吗？"

"我有问题！"胡童鞋举手。

"好！胡童鞋，你问吧！"裘校长说道。

"我想知道，哩咕哩咕小学的学生们什么时候会再来跟我们玩啊？"

"这位……胡童鞋，今天我们真的非常开心能认识你们！我们希望明年能再来跟你们相聚。"非洲老师回答。

"明年啊！"

"还有很久呢！"

"呵呵……同学们忘了吗？现在的通信科技已经很发达，互联网无所不在，非洲当然也有网络，所以联系（xì）已经不是问题了！"裘校长举起他的手机。

"对！我们可以交换博客账（zhàng）号，通过博客来联系！"

"蕾丽,这是我的账号,你要收好哟!"

"达卡里亚,你记得发交友请求给我!"

"胡童鞋,这是我的账号。"一名非洲男生把字条递给胡童鞋。

"谢谢你。但是,我没有博客……"

"白白有博客!白白随时可以上网网跟你聊

天天！"白雪儿不知从哪里冒了出来。

"上网网？聊天天？"非洲男生一头雾（wù）水。

"她是说'上网'和'聊天'！"阿比八突然出现。

"哇啊，你怎么偷听人家讲话话？讨厌厌啦！"

"哈哈哈！我的妈呀，你的中文怎么说得这么烂？我们非洲人说的中文都比你好多了！"阿比八夸张地大叫。

所有人都听见阿比八的声音。

"哇啊，你怎么那么大声说话话？白白被吓吓，白白怕怕。"白雪儿已经习惯乱用叠字，结果一开口就叠字满天飞。

"哇啊，你怎么说怪怪的话话……"

"人家被吓吓……"

"人家很怕怕……"

哩咕哩咕小学的学生故意模仿白雪儿说话，顿时全场爆笑。

非洲老师立刻制止了他们，一脸尴（gān）尬（gà）。

裘校长的脸一阵红，一阵绿，而地球小学老

为什么白雪儿把嘴巴封起来？

她担心一不小心又讲叠字！

师们的脸都黑了。

参观团离开后，裘校长和老师们召（zhào）开紧急会议。

过后，纪老师在班上宣布："从今天开始，所有的学生禁止乱用叠字，违反者将被罚写作文，题目是'叠音词的正确用法'，以纠（jiū）正同学们错误的语法习惯。"

用叠字点餐

我要这个面面，另加煎蛋蛋！
好的。
好的。请问还需要什么吗？
我还要牛奶奶！
好……
我还要薯条条！
每一样你都说两次，我以为你要两份啊！
怎么那么多份啊……白白吃不完啦！

故事 5

曾经对我们好的人，我们要牢牢地记在心里。

巡察员姐姐，你的球拍在哪里买的啊？

乒乓小明星

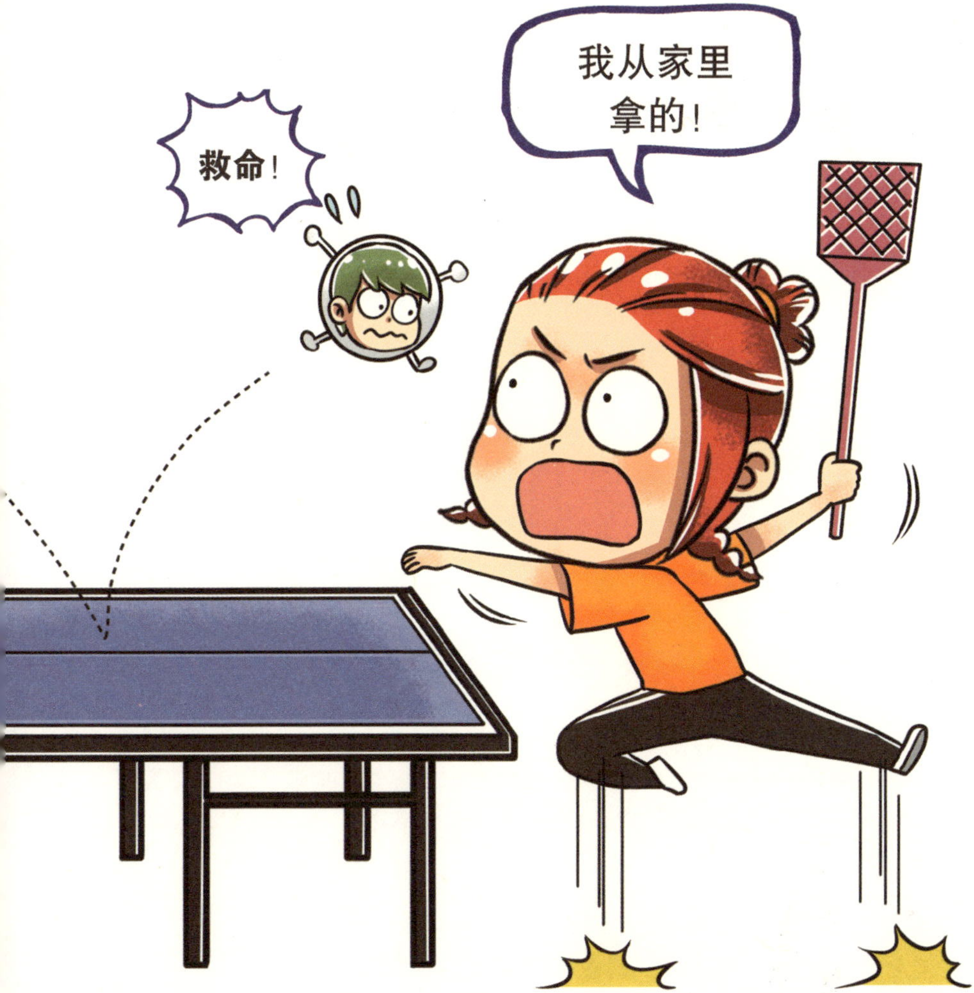

胡童鞋成长小说系列

"颜茂青……把那些垃圾……拿到后面去丢。"

"哦。"颜茂青爽（shuǎng）利（lì）地回答庞（páng）老板。

每天早上，颜茂青会在上课前到食堂里帮忙，以换取一份早餐。

庞老板知道颜茂青的家境不好，常常没钱买

爽利：爽快；利落。

118

早餐吃，但他又不想让颜茂青习惯接受别人的帮助，所以才用这种方式让他换早餐。

当颜茂青把垃圾拿到食堂后面的时候，他听见了清脆（cuì）的"嗒（dā）嗒"声。

他转头一看，原来是打乒（pīng）乓（pāng）球的声音。

食堂后面是乒乓球队的"基（jī）地"，那里有几张乒乓球桌，队员就在那儿练习。

"哇，他们的姿势真好看，动作真快！"颜茂青看得入神，连垃圾都忘了丢。

"颜茂青，你呆站在这里干吗？"胡童鞋来找他。

胡童鞋带了一块蛋糕想要请颜茂青吃，庞老板告诉她，颜茂青在食堂后面。

"巡（xún）察（chá）员姐姐，你看……"颜茂青兴奋地指着打乒乓球的学生。

"哦？你想要打乒乓球？"胡童鞋问他。

"我想学，但是……"

"好，你等我一会儿！"胡童鞋说完就向前跑去。

"啊……"颜茂青吓了一跳，不知道胡童鞋要干什么。

胡童鞋看到其中一个正在打乒乓球的学生是同班的林中竹，于是问了他一些事。

"颜茂青，星期三！他们在每个星期三的下午都会练习打乒乓球！星期三放学后，你过来这里找教练，请求他让你参加乒乓球队！"胡童鞋兴冲冲地跑回来。

"星期三？巡察员姐姐，谢谢你！"颜茂青的眼睛在发亮。

"你要加油哟！"胡童鞋摸了摸他的头。

星期三下午，颜茂青既期待又害怕地来到了乒乓球队的"基地"，果然有一个教练在那里，他的样子很像庞老板。

"教练，我想学打乒乓球，可以吗？"颜茂青鼓起勇气开口。

胡童鞋成长小说系列

"什么？你想学？"庞教练从头到脚打量他，脸上一丝笑容都没有。

庞教练不单是跟食堂庞老板同姓，连样子都长得很像，因为庞教练是庞老板的弟弟。

"是……"颜茂青回答。

"说话大声点儿！你有没有球拍？"庞教练问他。

"没……没有！"这个教练真凶，颜茂青想退缩了。

"林中竹，你不是有两个乒乓球拍吗？借他一个！"庞教练知道只有林中竹有两个球拍。

"是……"林中竹立刻从他的书包里拿出另一个乒乓球拍。

"谢谢教练！"颜茂青开心得心怦（pēng）

打量：观察（人的衣着、外貌）。

怦直跳。

庞教练转头吩（fēn）咐（fù）林中竹带他热身。

"哥哥，谢谢你把乒乓球拍借给我。"颜茂

青很感激。

"小意思，反正我有两个！你要用我的乒乓球拍好好地练习，不然我不会放过你哟！"林中竹假装要敲颜茂青的头。

"嗯，我一定会很努力的！"颜茂青用力地点头。

每个星期三下午，颜茂青总是风雨不改地跟乒乓球队一起练习。

由于他没有乒乓球拍，所以要等林中竹来的时候，他才向林中竹借。

颜茂青很努力地学习，从一开始的什么都不会，到后来渐渐地学会了正确的握拍姿势、手部标准动作以及脚的姿势。

他用了很短的时间便学会了打乒乓球的基本

你的乒乓球拍怎么那么奇怪？

这是我家里的苍蝇拍！可以用吗？

动作和姿势，教练对他刮（guā）目相看。

后来，他还掌握了发球、接球和攻（gōng）击（jī）的技巧，进步神速！

今天，林中竹一来便听见有几个队员在讨论

刮目相看：用新的眼光来看待。

颜茂青。

"颜茂青好厉害!"

"他是最新的队员,但是实力比很多老队员还要强呢!"

"我知道,像他这种运动员叫作'天才型运动员'!天生就厉害!"

"哇,他可能是未来的乒乓之星,真是令人羡(xiàn)慕(mù)!"

"这是天生的,你羡慕也没用!哈哈!"

林中竹听在耳里,心里很不是滋(zī)味。

"中竹哥哥,请问你可以把球拍借给我吗?"颜茂青走了过来。

"颜茂青,趁教练还没到,我们来比一场单打吧!"林中竹把球拍递给他。

"来比赛吧!"

"快,趁教练还没到!"

队员们跟着起哄（hòng），又推又拉地把颜茂青带到乒乓球桌前。

"可是，我……"

颜茂青连拒绝的机会都没有，因为林中竹的球已经发过来了，他只好专心地迎战。

一场比赛后，林中竹竟然输了！

"我竟然输给一个新人！他还用我的球拍打败了我！"林中竹觉得很难堪。

一个星期后，颜茂青期待的星期三又到了，他很早就到了"基地"。

他没有因为打赢（yíng）了林中竹就骄（jiāo）傲（ào），有队员称赞他的时候，他只会傻笑。

等了好久，林中竹才姗姗来迟。

"中竹哥哥，请问你能不能把球拍借给我？"

颜茂青立刻去找他。

林中竹没有回答，他只顾着低头翻找袋子里的东西。

"中竹哥哥，请问你能不能把……"颜茂青以为林中竹没听见。

"你能自己买球拍吗？别老是跟我借。"

中竹哥哥，请问你能把乒乓球拍借给我吗？

"啊？"颜茂青呆住了。

"这里的每一个队员都有自己的球拍。"林中竹不是很情愿地把球拍递给颜茂青。

"哦……我知道了。中竹哥哥，谢谢。"

他知道林中竹在暗示他，不想再继续把球拍借给他了。当初是庞教练要林中竹把球拍借给他，所以林中竹不敢不借。

"没想到我让中竹哥哥不高兴了……"颜茂青的心情有点儿沉重。

庞教练一来便叫队员们集合。

"我将会办一场乒乓球比赛，公开请几所学校的乒乓球队参加。谁想参加的，把表格填了交上来！比赛定在两个星期后。"

庞教练除了在地球小学当教练之外，他也是其他几所小学的乒乓球教练。

"哇，在我们的学校比赛呢！"

"哇哇，赢了比赛有奖金呢！"

"我要参加，让其他学校知道我们乒乓球队的厉害！"

队员们拿了表格后，兴奋地在讨论。

"我好想要参加，赢了奖金可以买球拍。可是……"颜茂青看着表格发呆。

他趁林中竹去旁边喝水时，急忙走了过去。

"中竹哥哥，我可以向你借球拍来参加比赛吗？"颜茂青鼓起勇气问他。

林中竹很想要拒绝，但这时候庞教练刚好经过，他只好回答："当然可以啊！"

"太好了！中竹哥哥，谢谢你！"颜茂青很开心。

时间过得很快，距离乒乓球比赛的日子只剩

下两天了。

当胡童鞋在班上跟王天翔斗嘴时，她一转头，发现颜茂青站在教室外。

"颜茂青？你来找我吗？"胡童鞋急忙走出去。

"巡察员姐姐，我想找中竹哥哥……"颜茂

乒乓小明星

青胆怯（qiè）地回答。

"林中竹？"胡童鞋转身便向教室里大喊道，"林中竹，有人找你，快出来！"

"谁啊？"林中竹慢吞吞地走出来。

"中竹哥哥……"

"你？找我干吗？"林中竹的语气很不好。

"喂，你可不可以有礼貌一点儿？"胡童鞋瞪了他一眼。

"有话快说，有屁……"林中竹的样子很不耐烦。

"林中竹！"胡童鞋不让他说下去。

"中竹哥哥，后天就是乒乓球比赛了，请你记得要把球拍带来借给我……"颜茂青的眼里充满了哀求。

胆怯：胆小；缺少勇气。

"啊,我忘了告诉你,球拍坏了!"林中竹回答。

"坏了?"颜茂青呆住了。

"对啊!你一直借去用,还不都是被你用坏的!剩下的一个球拍,我自己要用来比赛,不能借给你!"林中竹的眼神在闪烁。

"没关系……谢谢中竹哥哥……我回去上课了……"颜茂青失望地转身离开。

"林中竹，你的球拍真的坏了？"胡童鞋瞪着他。

"啊，老师来了！快点儿回座位！"林中竹"咻（xiū）"的一声溜了进去。

"我得去跟其他人借乒乓球拍，后天给颜茂青比赛用……"胡童鞋心里做了这样的打算。

今天就是乒乓球比赛的日子了。

"颜茂青，姐姐对不起你！"胡童鞋赶到食堂里找颜茂青。

"巡察员姐姐，怎么了？"

"原本我想在这两天去帮你借球拍，但我一转身竟然把这事情忘得一干二净！"胡童鞋很内疚（jiù）。

"姐姐，不用借了，你看！"颜茂青从书包里拿出了一个东西。

"这是什么啊？"

"这是乒乓球拍啊！我自己做的。"颜茂青笑眯（mī）眯的。

胡童鞋仔细一看，那是用木板和橡胶片七拼八凑钉成的"乒乓球拍"。

"这……真的可以用来比赛吗？裁（cái）判（pàn）会接受吗？"

"不能吗？"颜茂青愣（lèng）住了。

"没关系！你先把这'球拍'收起来，轮到你上场时，再拿出来比赛。那么远，他们应该看不出……"胡童鞋教他怎么做。

没想到，颜茂青用他自制的球拍打败了许多对手，获得了低年级的冠军！

林中竹非常惊讶。

"他哪来的乒乓球拍?那个球拍好像怪怪的……"他悄悄地打开颜茂青的书包。

当庞教练颁奖给颜茂青的时候……

"教练,他犯规!他的球拍不符合比赛规格,没资格获奖!"林中竹把颜茂青的"球拍"递给庞教练。

"啊!"颜茂青惊呼。

"这是什么?"庞教练接过"球拍",脸色沉了下来。

"我……自己做的球拍……"颜茂青害怕地回答。

"教练,你别怪颜茂青,是我教他用这'球拍'比赛的!"胡童鞋急忙冲上前解释。

"这'球拍'不符合规格,不能用来比赛,我必须取消你的获奖资格!"庞教练说道。

"啊……"胡童鞋愣住了。

"耶!"林中竹很开心。

"对不起……"颜茂青把头垂(chuí)下,难过得快掉泪了。

"但是,我觉得你很有毅(yì)力,而且非常热爱打乒乓球。你这'球拍'就别再用了,用

这个！"庞教练把他自己的乒乓球拍送给了颜茂青。

"啊……"颜茂青瞪大了眼睛。

"快跟教练道谢！"胡童鞋提醒他。

"教练，谢谢你！"

我赢了！快颁奖给我！

你是谁啊？

颜茂青兴奋地拿着球拍走到林中竹面前，说道："中竹哥哥，对不起，我一直用你的球拍，还弄坏了。这球拍赔（péi）给你！"

"你参加比赛，不是为了得到奖金来给自己买球拍吗？"胡童鞋问他。

"不是的。我想要得到奖金，因为可以买一个球拍送给中竹哥哥，感谢他一直把球拍借给我用。"

"对不起，我说谎（huǎng）了，球拍并没有坏……"林中竹很内疚。

"你这个家伙！"胡童鞋气得要命。

"这球拍，你自己用，这是你应得的。你忘了我有两个球拍吗？"林中竹说道。

"我自己用？我有自己的球拍了！"颜茂青开心得抱着球拍蹦（bèng）蹦跳跳。

"算你有良心！要不然，你就完蛋了！"胡

童鞋在摩（mó）拳（quán）擦掌。

"颜茂青，我们快去试一试教练送给你的球拍！"林中竹赶紧拉着颜茂青逃开了。

你是乒乓球？快让我拍！

别拍打我！

可怜的球拍

林中竹，请问你能把乒乓球拍借给我吗？

原来你也喜欢打乒乓球啊！

谢谢你啊！

她急着去哪儿啊？

我打！我打！我打打打！

我可怜的球拍……

胡童鞋成长小说系列

我的成长日记

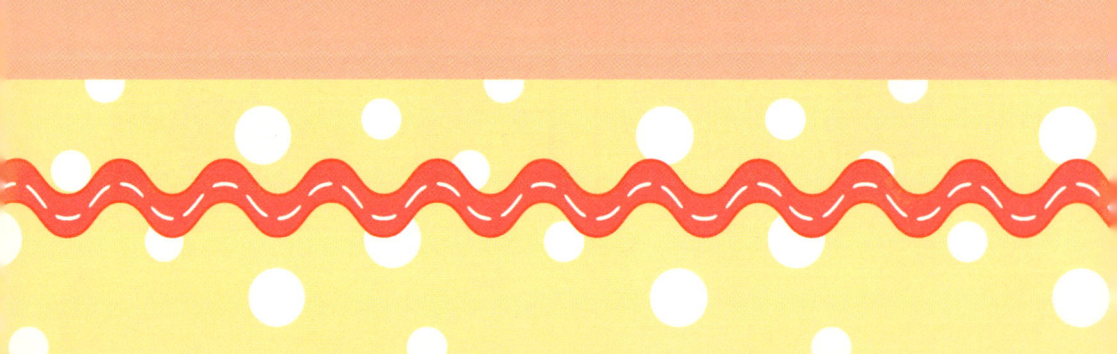

我的成长日记

胡童鞋成长小说系列

我的成长日记

胡童鞋成长小说系列

图书在版编目(CIP)数据

"碟子公主"驾到 / (马来)李慧星著;骑士喵工作室绘. —福州:海峡文艺出版社,2022.11
(胡童鞋成长小说系列)
ISBN 978-7-5550-3096-6

Ⅰ.①碟… Ⅱ.①李…②骑… Ⅲ.①儿童小说—马来西亚—现代 Ⅳ.①I338.45

中国版本图书馆 CIP 数据核字(2022)第 156520 号

本书原版由知识报(马)私人有限公司[Chee Sze Poh(M)Sdn Bhd]在马来西亚出版,今授权福建海峡文艺出版社有限责任公司在中国大陆地区出版其中文简体字平装本版本。该出版权受法律保护,未经书面同意,任何机构与个人不得以任何形式进行复制、转载。

项目合作:锐拓传媒(copyright@rightol.com)
著作权合同登记号:图字 13—2020—069

"碟子公主"驾到

[马来西亚]李慧星 著 骑士喵工作室 绘

出版人	林 滨
责任编辑	蓝铃松 刘含章
出版发行	海峡文艺出版社
经　　销	福建新华发行(集团)有限责任公司
社　　址	福州市东水路 76 号 14 层
电话传真	0591-87536797(发行部)
印　　刷	福州凯达印务有限公司
地　　址	福州市金山红江路 2 号浦上工业园 B 区 47 号楼
开　　本	890 毫米×680 毫米　1/16
字　　数	55 千字
印　　张	9.75
版　　次	2022 年 11 月第 1 版　2022 年 11 月第 1 次印刷
书　　号	ISBN 978-7-5550-3096-6
定　　价	28.00 元

如发现印装质量问题,请寄承印厂调换　电话:0591-83785911